I0387217

VISTA™

Para Sergio Mendivil Robleda.

EL CARRITO DE MONCHITO
© 2022, Vista Higher Learning, Inc.
500 Boylston Street, Suite 620
Boston, MA 02116-3736
www.vistahigherlearning.com
www.loqueleo.com/us

© Del texto: 1990, Margarita Robleda

Dirección editorial: Isabel C. Mendoza
Cuidado de la edición: Ana I. Antón
Montaje: Claudia Baca
Ilustraciones: Eulalia Cornejo

ISBN: 9781682921258

Todos los derechos reservados. Esta publicación no puede ser reproducida, ni en todo ni en parte, ni registrada en o transmitida por un sistema de recuperación de información, en ninguna forma ni por ningún medio, sea mecánico, fotoquímico, electrónico, magnético, electroóptico, por fotocopia o cualquier otro, sin el permiso previo, por escrito, de la editorial.

2 3 4 5 6 7 8 9 GP 27 26 25 24 23

El carrito
de Monchito

Margarita Robleda

Ilustraciones de Eulalia Cornejo

Monchito, Monchito tiene un carrito tan grande, tan grande como un elefante.

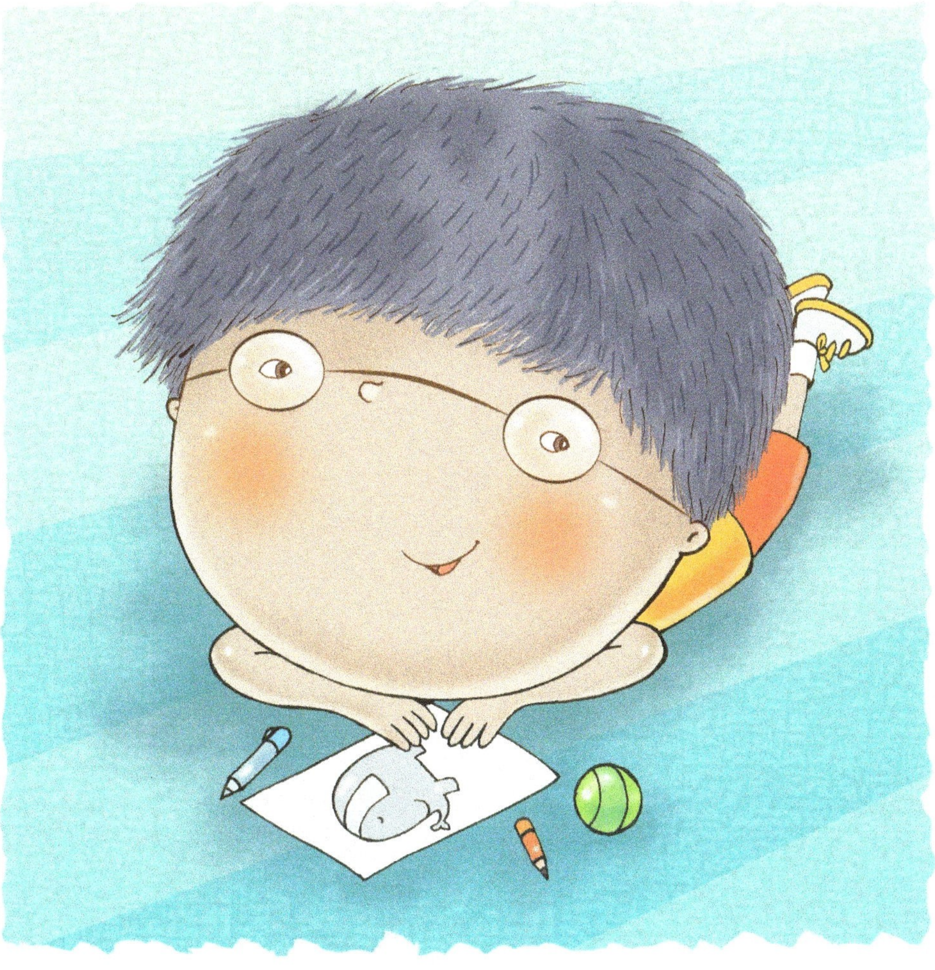

¿Como un elefante? No.

Monchito, Monchito tiene un carrito tan chico, tan chico como una hormiguita.

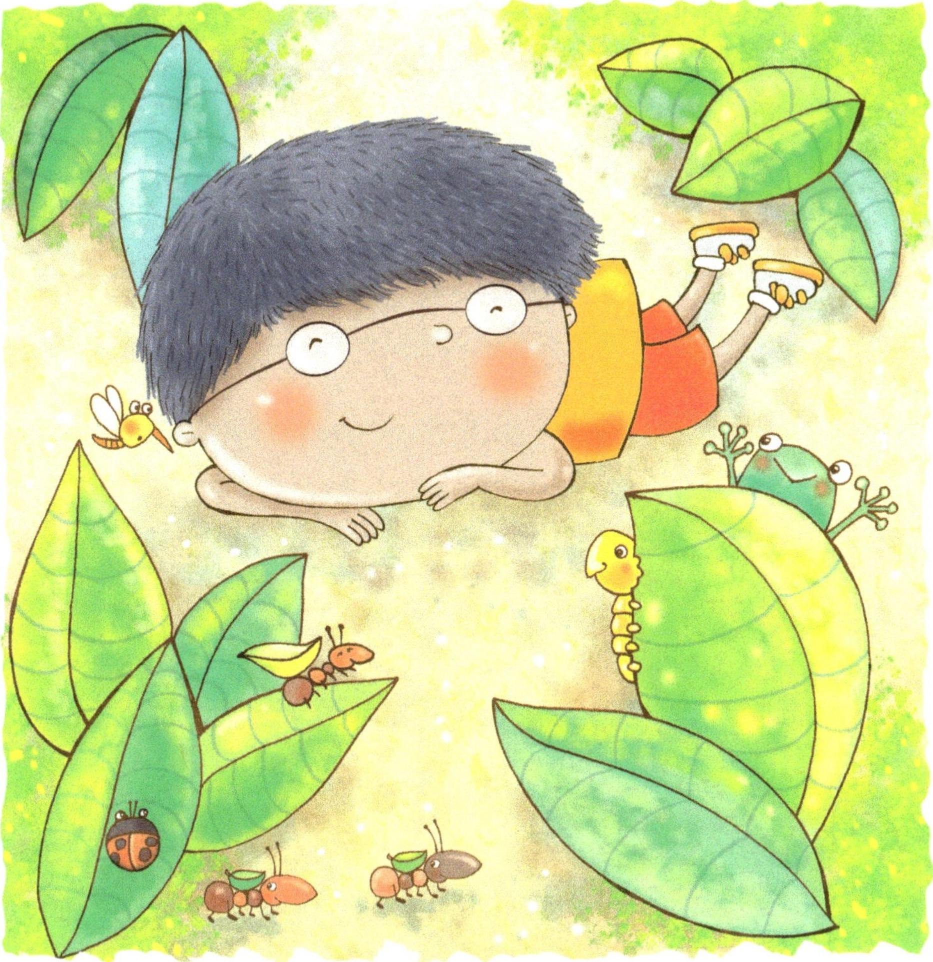

¿Como una hormiguita? No.

Monchito, Monchito tiene un carrito tan lejos, tan lejos como un helicóptero.

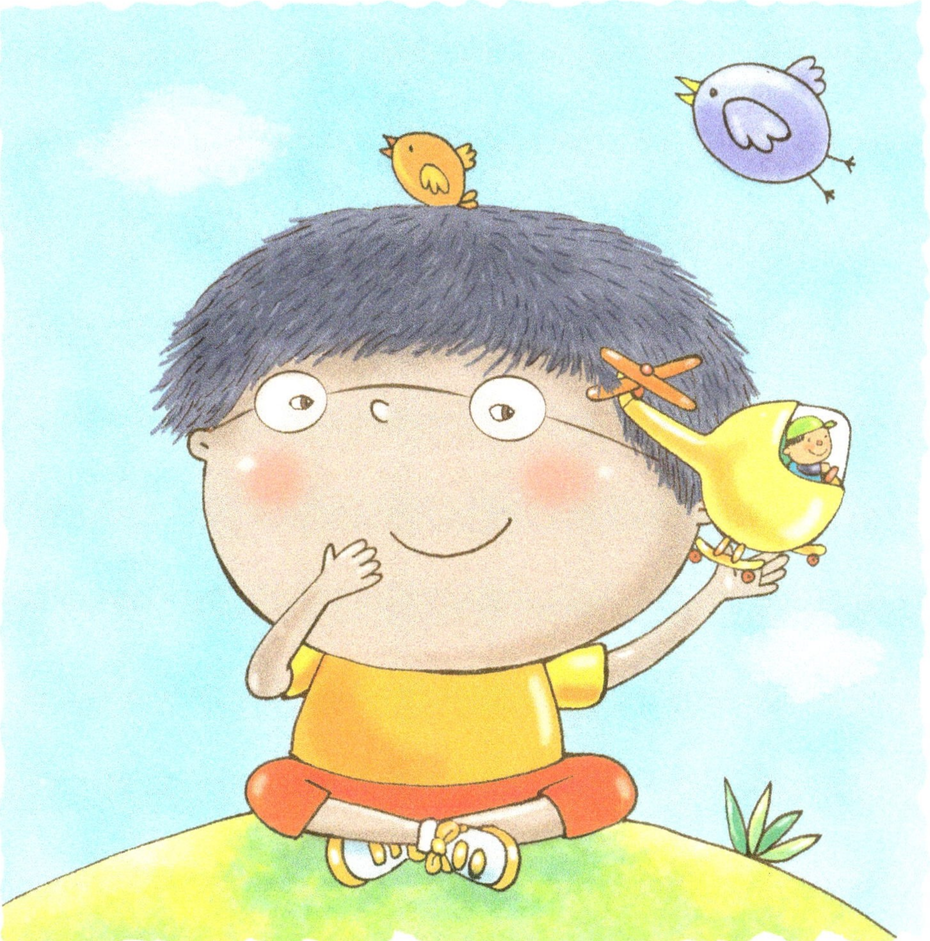

¿Como un helicóptero? No.

Monchito, Monchito tiene un carrito tan cerca, tan cerca como una peca.

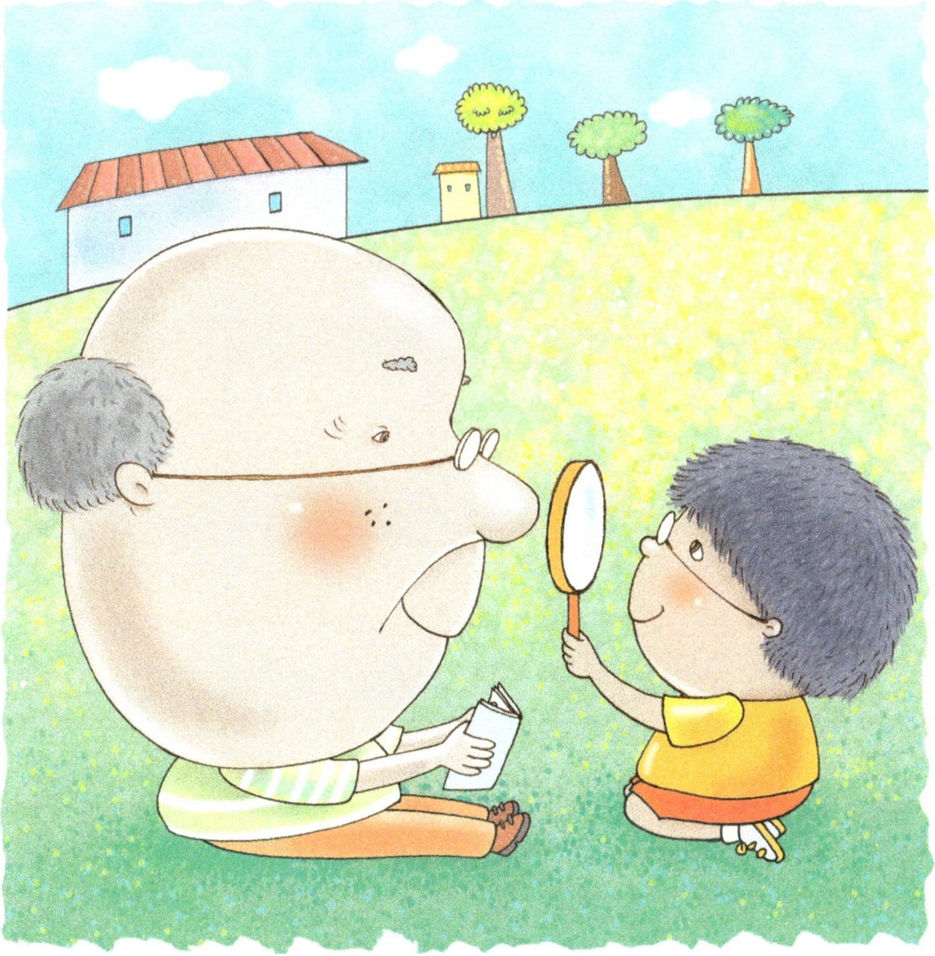

¿Como una peca? No.

Monchito, Monchito tiene un carrito tan suave, tan suave como una almohada.

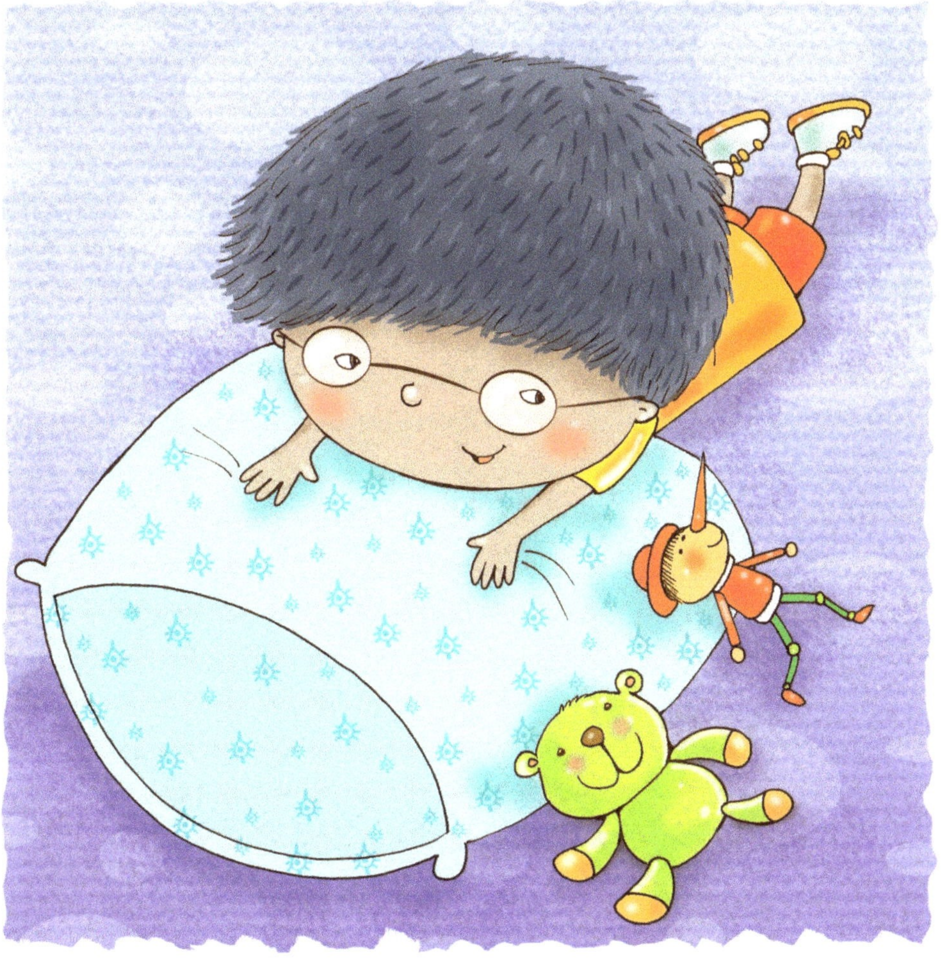

¿Como una almohada? No.

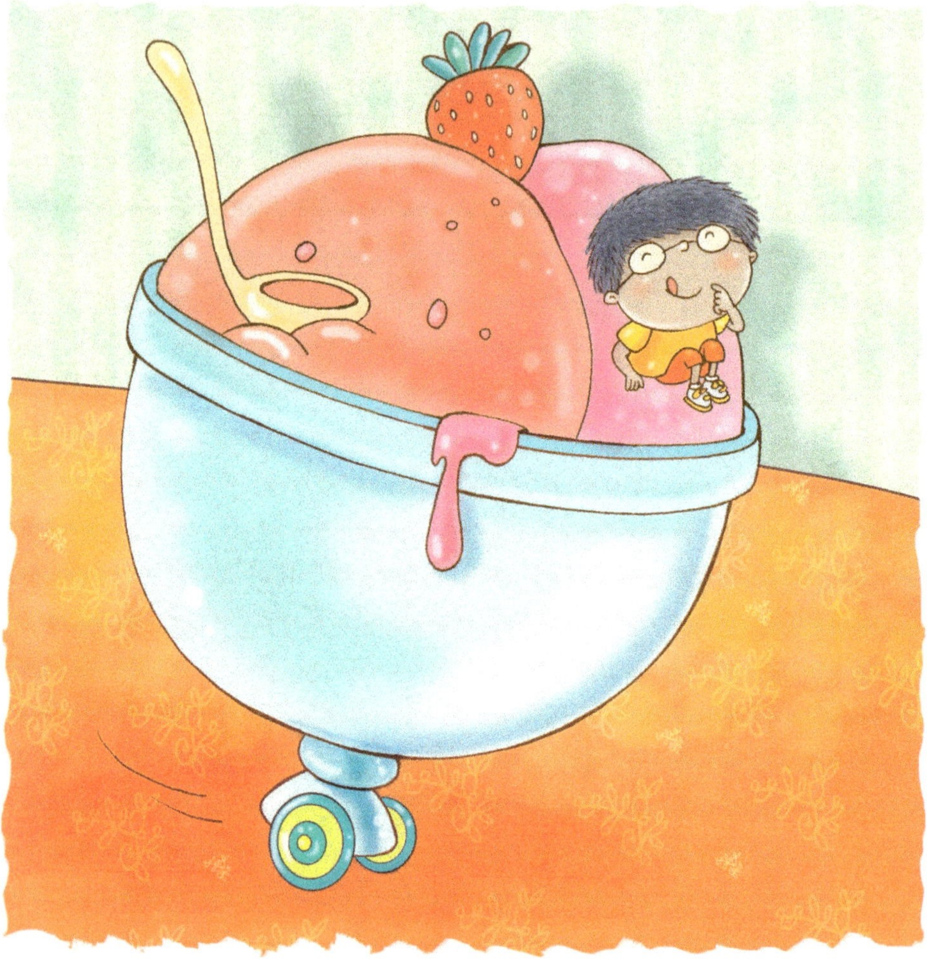

Monchito, Monchito tiene un carrito tan sabroso, tan sabroso como un helado de fresa.

¿Como un helado de fresa? No.

Monchito, Monchito tiene
un carrito tan duro, tan duro
como un martillo.

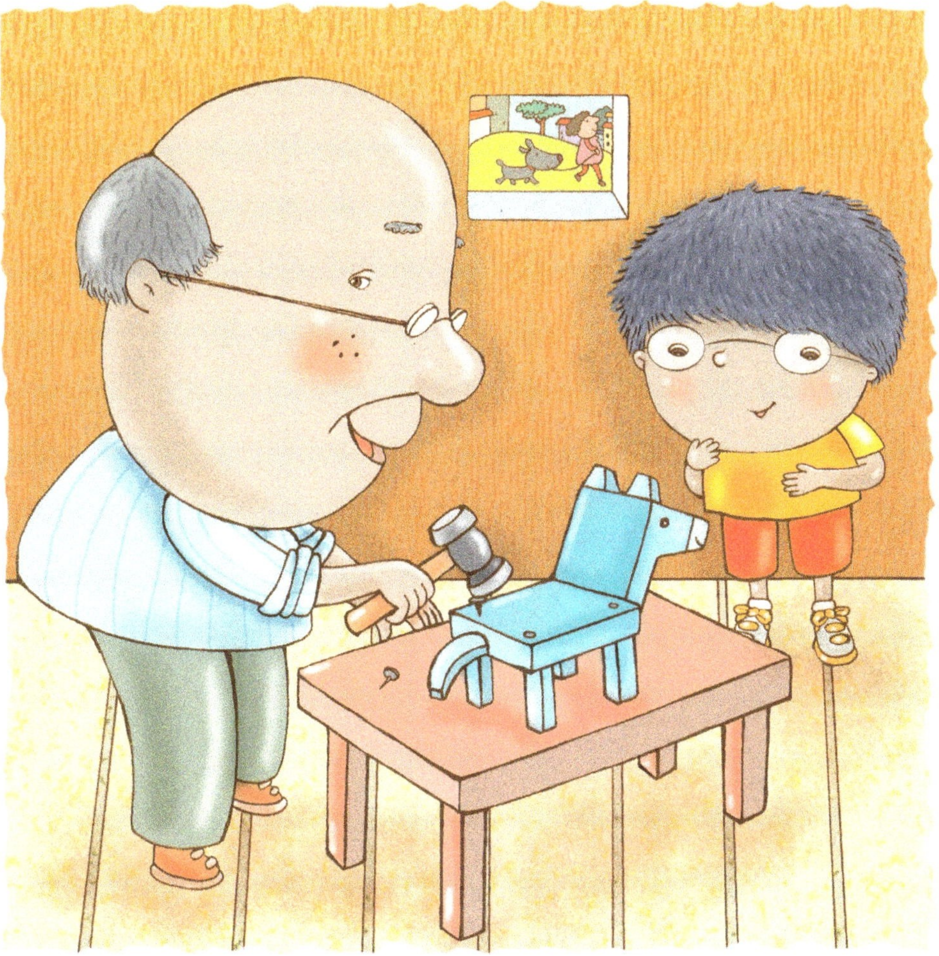

¿Como un martillo? No.

Monchito, Monchito tiene
un carrito tan frío, tan frío
como un cubito de hielo.

¿Como un cubito de hielo? No.

Monchito, Monchito tiene un carrito tan cariñoso, tan cariñoso como un oso panda.

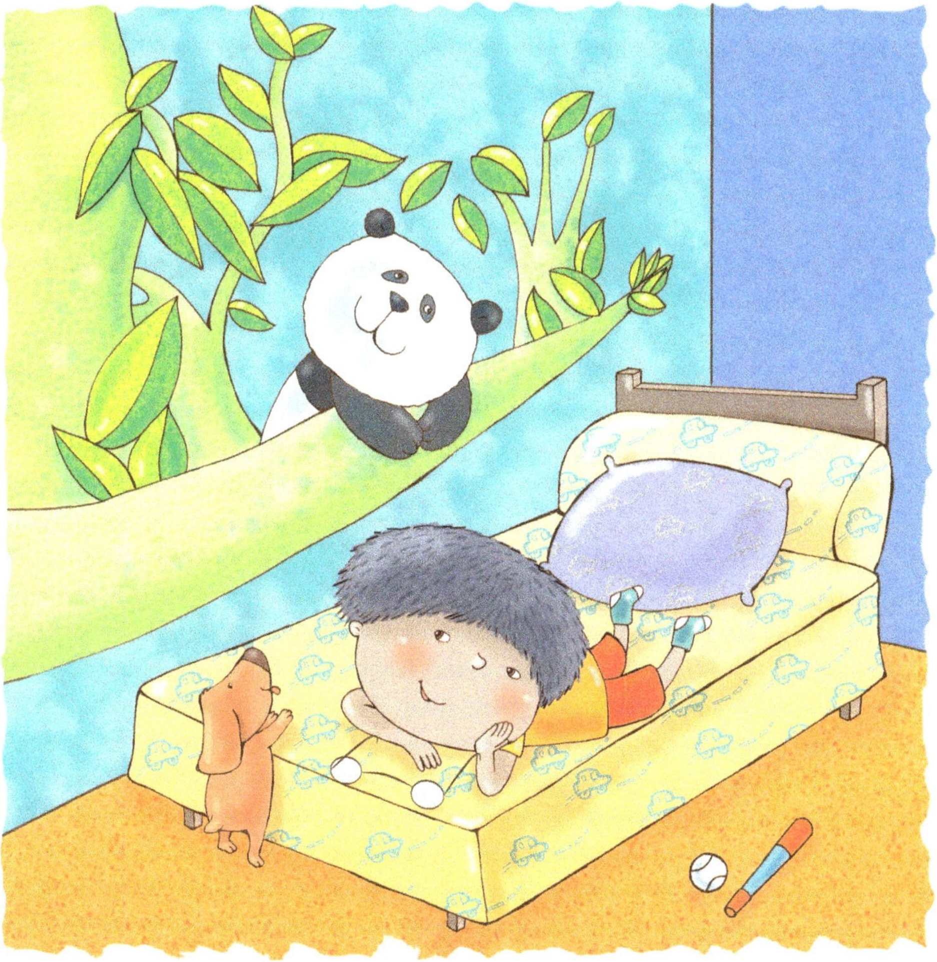

¿Como un oso panda? No.

Monchito, Monchito tiene
un carrito que no es grande
ni chico, no está lejos ni cerca,
no es suave, ni duro, ni frío.
¡Ni siquiera es sabroso!

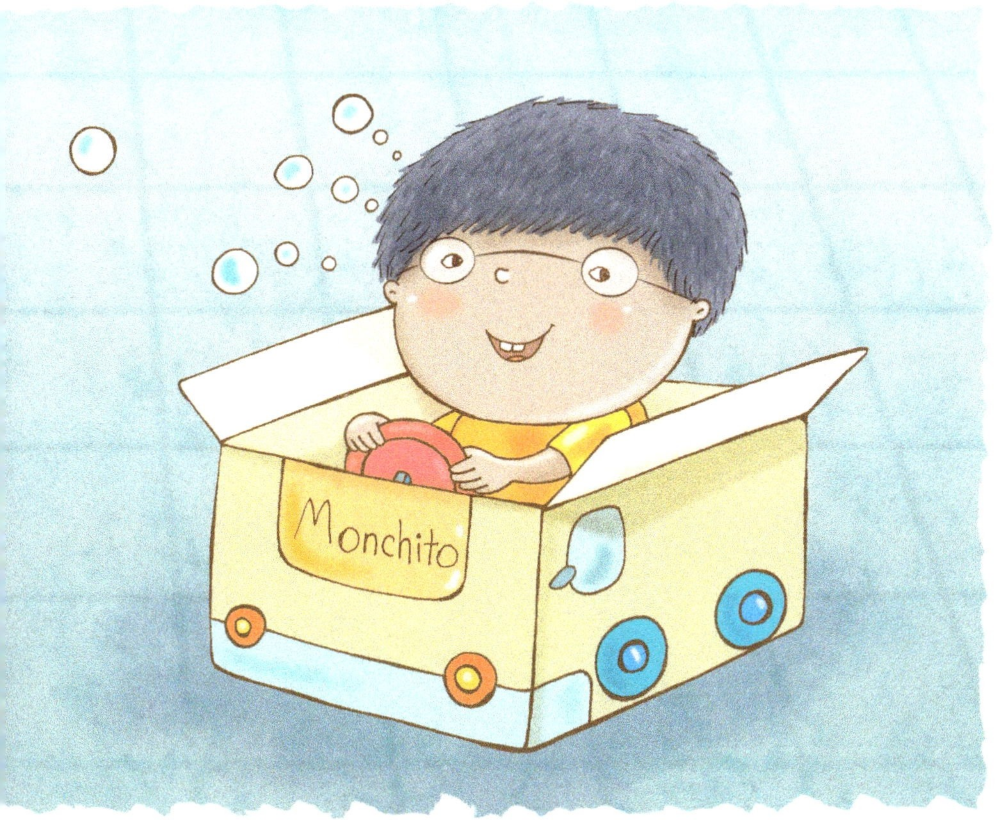
Monchito

Pero el carrito que tiene Monchito es el carrito más hermoso de todo el universo... ¡Porque es el carrito que tiene Monchito!

Aquí acaba este libro
escrito, ilustrado, diseñado, editado, impreso
por personas que aman los libros.
Aquí acaba este libro que tú has leído,
el libro que ya eres.

www.ingramcontent.com/pod-product-compliance
Lightning Source LLC
Chambersburg PA
CBHW040109100526
44584CB00029BA/4017